學 自然發音 不用背

QR 碼隨身學習版

全書音檔下載
QR 碼在這裡！

下載網址：
https://www.booknews.com.tw/mp3/booknewsmp3/
121100019/9789866077951.zip

此為 ZIP 壓縮檔，請先安裝解壓縮程式或 APP，iOS 系統請升級至
iOS 13 後再行下載。
此為大型檔案，建議使用 WiFi 連線下載，以免占用流量，並確認
連線狀況，以利下載順暢。

本書使用說明

一句話記住字母的自然發音

每一課一開始都有 DORINA 老師所提供的發音記憶口訣，DORINA 老師運用多年的教學經驗，只用一句話就能讓你記住每個字母本身具有的發音！

了解自然發音的規則

字母有時候會因為拼法不一樣的關係而有不同的發音，在這裡會很明確的將這些拼字及發音規則寫出來，跟著這些規則，就可以舉一反三，看到不曾學過的單字也能直接唸出來。

用故事來學自然發音的規則

死板板的規則畢竟很難讓人吸收，尤其是對語言邏輯還未成熟的小朋友與初學者們更是有用！因此這裡將上面的發音規則故事化，藉由「a 媽媽（母音）前面抱一個兒子（子音）…」等種種故事讓小朋友學會自然發音的規則。

LESSON 1

記憶口訣

(a)
[æ]

A小妹 沒禮貌
說起話來 "æ æ æ"

Q一下馬上聽

Lesson 1 mp3

發音規則

母音字母 a 夾在兩個子音中間，a 唸成 [æ]。

故事記憶

a 媽媽前面抱一個兒子，後面背一個兒子，一邊追著公車跑，一邊喊：「æ æ æ 等等我呀！」

A小妹 沒禮貌 說起話來 "æ æ æ"

聽RAP記發音 — 一邊聽 rap、一邊跟著唸，就可以輕鬆記住 [æ] 的發音喔！

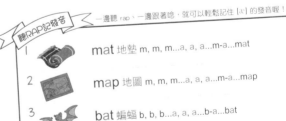

1 mat 地墊 m, m, m...a, a, a...m-a...mat

2 map 地圖 m, m, m...a, a, a...m-a...map

3 bat 蝙蝠 b, b, b...a, a, a...b-a...bat

4 rat 老鼠 r, r, r...a, a, a...r-a...rat

智慧 QR 碼行動學習

本書所有的 MP3 音檔，除了附贈的 MP3 光碟外，也可以用智慧型手機掃描 QR 碼來聆聽，讓自然發音的學習能隨時隨地，不受限制。

LESSON 2

記憶口訣

A小妹 說笑話
空氣好冷ㄟ "ɛɛɛ"

Lesson 2 mp3

Q一下馬上聽

發音規則

當母音 a 和 ir 或 re 連接時，a 唸成 [ɛ]，ir 或 re 唸成 [ɚ]，合起來唸 [ɛr]。

故事記憶

a 小妹愛講冷笑話，空氣好冷『ㄟ』，所以唸成 [ɛ]。

我愛說冷笑話

A小妹 說話話 空氣好冷ㄟ "ɛɛɛ"

自然發音圖像記憶

每一課的記憶口訣配合 DORINA 老師親自繪製的有趣圖片，就能達到自然發音圖像記憶的神奇效果，不用痛苦背誦過程就能輕鬆記住。

聽RAP記發音 一邊聽 rap、一邊跟著唸，就可以輕鬆記住 [ɛ] 的發音喔！

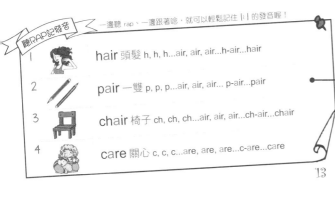

1　hair 頭髮 h, h, h...air, air, air...h-air...hair

2　pair 一雙 p, p, p...air, air, air... p-air...pair

3　chair 椅子 ch, ch, ch...air, air, air...ch-air...chair

4　care 關心 c, c, c...are, are, are...c-are...care

聽 RAP 記發音，自然說出漂亮的英文

配合插圖及 MP3 音檔，跟著 DORINA 老師一起唸，就能熟悉字母的發音。甚至還可以配合附贈的單字律動操 DVD，唱唱跳跳學發音，就能從此記住一輩子不忘。

教育學者、語言專家 熱烈聯名推薦！
一本幫你抓住重點、事半功倍的英文發音學習書

　　我十分欣賞DORINA老師的「生命美學」，更愛她的「英語創意教學法」。每次聽到DORINA老師又有新作品上市了，就禁不住「哇！」一聲，讚嘆她怎麼會有這麼多的精力與創造力，去完成這些「有效」又「有笑」的教材。我仔細拜讀這個教材，觀賞這部精彩絕倫的DVD教學光碟，深深覺得這套教材結合了多元化教學法、音韻律動、音樂節奏、圖像色彩、聲韻表演藝術與發音教學法，環環相扣、完全融入式的教學方式讓孩子們完整的發展聽說讀寫的能力，同時完成潛能開發的功能。給孩子「帶著走的能力」，而不是背不動的書包。每次看到DORINA的全動態教學節目，都覺得好感動，從遊戲中學習的教學理念更是充分滿足孩子們的需要，希望全國1到99歲各階層的英文學習者，都可以真正享受到學習英文的樂趣。

中臺科技大學通識教育執行長 林海清

　　一般人在初學自然發音時最大的困難就是搞不清楚發音規則，老是分不清楚這個字母在什麼時候該發什麼音，而DORINA老師獨創的「故事記憶法」正好為這個問題提供了最佳的解決之道，她為每個發音規則配上了一個簡單易學的口訣，再搭配生動有趣的插圖來加深印象，讓初學者在不知不覺間就把發音給學會了，這真是一本值得推薦的好書！

國立嘉義大學國民教育研究所教授 陳建榮

　　語言扮演著溝通的重要角色，聽、說、讀、寫的能力，缺一不可，但是，不管學習任何語言，在啟蒙時期所接觸到的學習系統相當關鍵，如何讓孩子用最生動有趣的方式去熟悉外國語言是很重要的，DORINA老師用心為中小學生編纂出自然發音的學習法，對於孩子的記憶而言，可說是省力不少。

　　用孩子喜歡的方式，透過音樂節奏與教師的引導，相信對孩子來說，學美語不再是苦差事，一定可以達到事半功倍的成效。

語文教育學士、國立嘉義大學中國文學所碩士 董學奇

認識DORINA老師已經好多好多年了，每次看到她在做英語電視節目時，那種創意、認真、活力、負責的態度，就覺得她真的有過人的體力與熱情，深深被她感動。

這套影音教材，也是全國第一套集合了教學表演藝術，生活美學、人格教養的優質兒童教學，其中包括：互動式學習、情境教學法、直接教學法、字母拼讀法、溝通式教學法、自然教學法、聽說教學法、肢體反應教學法、歌謠韻文教學法、戲劇教學。

DORINA老師可以遊刃有餘地把這十大教學法，自然地融入英語教學，並天天樂在其中，我覺得擁有這麼一個熱愛生命的朋友，真是很幸福，也希望全國的兒童和美語老師，及熱愛美語，想學會美語的人，都可以快速進入美語的快樂學習境界。

中臺科技大學幼保系 魏渭堂

隨著國際化的趨勢，語言已經成為未來孩子決定勝負的利器，如何讓孩子在最短的時間內習得一項語言是重要的，DORINA老師累積多年教學實務經驗，深諳中小學生在學習與記憶美語發音時所遭遇的難題，而發展出整套的自然發音學習系統，對於學習者而言，可說是一大福音。

就學理而言，在訊息處理的過程中，如何讓學生將訊息由短期記憶轉化為長期記憶，需要透過成功的策略，DORINA老師透過自然發音以及生動的插圖，並透過音樂RAP的複誦方式幫助學生記憶，也增加學習語言的趣味，值得本人在此推薦。

語文教育學士、國立嘉義大學教育學博士候選人 譚至哲

相信每一個父母親都會為了小朋友學習英文的壓力而煩惱，我自己身為兩個小朋友的父親，十分希望小朋友除了接受學校教育之外，也能找到更好的學習方式。因此，當我第一次看到楊老師來故事屋錄製這套教材時，由於自己也是身為一個每天講故事的故事爸爸，所以在旁邊看到她的教學方式，很容易就可以感受到她教學當中的深度和自然流露的吸引力。

尤其，透過讓人不由自主想起來跳舞的音韻律動，以及簡單有趣的故事聯想，每一個發音的教寫概念都讓小朋友很容易就記得住，真的是讓小朋友一聽過就不會忘記，就算是大人的我們，也會在旁邊專注的聽完，這是我看過一般的英文教材中（尤其是發音教材），最難得看到的吸引力，希望您也能透過這套教材，和小朋友分享一個有趣易懂的自然發音學習過程囉！

故事屋創辦人 張大光

作者序

豐富多元的感官教材
學習發音變得**輕鬆又有趣**！

　　我的工作就是每天唱歌跳舞、教英文、彈奏樂器、表演戲劇…等，有一天我突發奇想，我問自己：要如何用這種活潑動態又輕鬆有趣的學習方式和大家分享學習英文的樂趣？然後林海澄先生的影子就突然出現在我的腦海中，我立刻打電話：「海哥，你明天下午有空嗎？到桃園聽我唱作俱佳、說學逗唱的演講吧～」（我會不會太自誇啦～老王賣瓜啦～哈哈～）沒想到他立刻帶著一群企畫部的同仁，當場用V8全程攝影耶！那一天開始了我人生另外一個表演高峰，我決定要和所有對學習美語有興趣的同學，一起分享輕鬆學習美語的祕訣。

　　在這套針對英文發音的影音教材當中，我融入了自然教學法(natural approach)、TPR教學法、VAK三感教學法、溝通式教學法…等10大教學法的精神。在拍攝DVD時，加入7種跨領域的美語學習模式，讓孩子熟悉自然發音與KK音標的關係，以及發音、拼讀技巧，並融入了health（健康）, drama & plays（戲劇）, songs & chants（歌曲）, language（語言）, fine art（藝術）, aerobic dancing（有氧舞蹈）, facial expression（臉部表情）這7種元素，希望孩子藉由多元的學習提昇興趣，並且願意持續學習。

　　很感謝台灣廣廈集團江媛珍總經理、知遠文化林海澄總經理給我這個機會表現，還要感謝我父母的苦心栽培，讓我自幼學習各種才藝，並感謝謝欽舜老師Richmond Hsieh孜孜不倦的指導與鼓勵，以及各位專家學者的認同與熱情推薦，還有全體工作人員貢獻出自己的創意新點子，讓有心學習英語發音的學習者能夠擁有一套完善又多元的教材。這本書就像是一次豐富的感官饗宴，希望能透過這樣的呈現方式，幫助各位在學習英文發音時不但有效率，還能擁有無窮樂趣。

　　祝大家天天開心學習

楊淑如 Donna Yang

contents 目錄

推薦序
作者序

contents 目錄

contents 目錄

contents 目録

contents 目錄

LESSON 1

a [æ]

A小妹 沒禮貌
說起話來 "ææ"

Lesson 1.mp3

Q一下馬上聽

發音規則

母音字母 a 夾在兩個子音中間，a 唸成 [æ]。

故事記憶

a 媽媽前面抱一個兒子，後面背一個兒子，一邊追著公車跑，一邊喊：「ææ 等等我呀！」

A小妹 沒禮貌 說起話來 "ææ"

聽RAP記發音

一邊聽 rap、一邊跟著唸，就可以輕鬆記住 [æ] 的發音喔！

1	mat 地墊 m, m, m...a, a, a...m-a...mat
2	map 地圖 m, m, m...a, a, a...m-a...map
3	bat 蝙蝠 b, b, b...a, a, a...b-a...bat
4	rat 老鼠 r, r, r...a, a, a...r-a...rat

a
[ɛ]

A小妹 說笑話
空氣好冷ㄟ "ɛɛɛ"

Lesson 2.mp3

Q一下馬上聽

發音規則

當母音 a 和 ir 或 re 連接時，a 唸成 [ɛ]，ir 或 re 唸成 [r]，合起來唸 [ɛr]。

故事記憶

a 小妹愛講冷笑話，空氣好冷『ㄟ』，所以唸成 [ɛ]。

我愛說冷笑話

A小妹 說話話 空氣好冷ㄟ "ɛɛɛ"

聽RAP記發音

一邊聽 rap、一邊跟著唸，就可以輕鬆記住 [ɛ] 的發音喔！

1		hair 頭髮 h, h, h...air, air, air...h-air...hair
2		pair 一雙 p, p, p...air, air, air... p-air...pair
3		chair 椅子 ch, ch, ch...air, air, air...ch-air...chair
4		care 關心 c, c, c...are, are, are...c-are...care

a
[ə]

A小妹
肚子好餓 "əəə"

Lesson 3.mp3
Q一下馬上聽

發音規則

當母音 a 位於弱音節時，a 唸成 [ə]。

故事記憶

a 媽媽肚子『餓』，很虛『弱』，所以唸成弱音的 [ə]。

唉唷~
我肚子好餓！

Donna

A小妹 肚子好餓 "əəə"

聽RAP記發音 一邊聽 rap、一邊跟著唸，就可以輕鬆記住 [ə] 的發音喔！

1		panda 貓熊 d, d, d...a, a, a...d-a...panda
2		banana 香蕉 b, b, b...a, a, a...b-a...banana
3		papaya 木瓜 p, p, p...a, a, a...p-a...papaya
4		soda 汽水 d, d, d...a, a, a...d-a...soda

LESSON 4

a [ɔ]

記憶口訣

A小妹 被球打到 好痛ㄛ！“ɔɔɔ”

Lesson 4.mp3

Q一下馬上聽

發音規則

當母音 a 遇到 l、u、w 三個字母時，a 跟 l、u、w 合唸成 [ɔ]。

故事記憶

a 媽媽拿一枝長棍子（l），小孩 w 型的跑給 a 媽媽追，一面大喊：「打人『ㄛ』」，所以唸 [ɔ]。

A小妹 被球打到 好痛ㄛ！“ɔɔɔ”

聽RAP記發音

一邊聽 rap、一邊跟著唸，就可以輕鬆記住 [ɔ] 的發音喔！

1  tall 高的 t, t, t...all, all, all...t-all...tall

2  ball 球 b, b, b...all, all, all...b-all...ball

3  saw 鋸子 s, s, s...aw, aw, aw...s-aw...saw

4  sauce 調味醬 s, s, s...au, au, au...s-au...sauce

LESSON 5

a [ɑ]

Lesson 5.mp3

Q一下馬上聽

A小妹 妳的家 好遠啊！"ɑɑɑ"

發音規則

當母音 a 遇到 r 時，ar 在重音節時唸成 [ɑr]。

far
我家好遠啊！

故事記憶

r 小妹老是駝背，a 媽媽遇到都會問她：「你的背怎麼都彎彎的『Ｙ』？」，所以唸 [ɑr]。

A小妹 妳的家好遠啊！"ɑɑɑ"

聽RAP記發音 一邊聽 rap、一邊跟著唸，就可以輕鬆記住 [ɑ] 的發音喔！

1		jar 瓶罐 j, j, j...ar, ar, ar...j-ar...jar
2		car 汽車 c, c, c...ar, ar, ar...c-ar...car
3		park 公園 p, p, p...ar, ar, ar...p-ar...park
4		farm 農田 f, f, f...ar, ar, ar...f-ar...farm

a [e]

A小妹的名字叫做A "e"

Lesson 6.mp3

Q一下馬上聽

發音規則

「母音 a +子音+字尾 e」，a 唸成原母音的 [e]，字尾 e 則不發音。

故事記憶

a 媽媽跟 e 媽媽中間隔著很吵的小孩子，所以必須要拉長聲音說話：「『ㄟ～』你有沒有聽到我說話啦！」。

我就是[e]
我的名字叫做[e]

A小妹的名字叫做A "e"

聽RAP記發音　一邊聽 rap、一邊跟著唸，就可以輕鬆記住 [e] 的發音喔！

1		rain 雨 r, r, r...ai, ai, ai...r-ai...rain
2		cake 蛋糕 c, c, c...a, a, a...c-a...cake
3		game 遊戲 g, g, g...a, a, a...g-a...game
4		race 賽跑 r, r, r...a, a, a...r-a...race

b
[b]

B小弟 吹泡泡 "bbb"

Lesson 7.mp3

Q一下馬上聽

發音規則

子音字母 b 都唸成 [b]。

b
b
b

B小弟 吹泡泡 "bbb"

故事記憶

b 小弟喜歡吹泡泡，爸爸很生氣的對他說：「你『不』（ㄅ）要走到哪裡都吹泡泡好嗎？」所以不管在哪，b 都唸 [b]。

聽RAP記發音

一邊聽 rap、一邊跟著唸. 就可以輕鬆記住 [b] 的發音喔！

1		bat 蝙蝠 b, b, b...a, a, a...b-a...bat
2		bed 床 b, b, b...e, e, e...b-e...bed
3		baby 嬰兒 b, b, b...a, a, a...b-a...baby
4		bake 烘焙 b, b, b...a, a, a...b-a...bake

C [k]

C小弟 吃維他命C 才不會咳嗽 "kkk"

Lesson 8.mp3

Q一下馬上聽

發音規則

子音字母 c 通常都唸成 [k]。

故事記憶

c 小弟『吸』到髒空氣會『咳』嗽,所以唸 [k]。

我吃維他命C, 我很健康喔!

C小弟 吃維他命C 才不會咳嗽 "kkk"

聽RAP記發音 一邊聽 rap、一邊跟著唸‧就可以輕鬆記住 [k] 的發音喔!

1		car 汽車 c, c, c...ar, ar, ar...c-ar...car
2		cat 貓 c, c, c...a, a, a...c-a...cat
3		cook 烹調 c, c, c...oo, oo, oo...c-oo...cook
4		cut 切、剪 c, c, c...u, u, u...c-u...cut

C [s]

C小弟 髒兮兮 笑死人 "sss"

Lesson 9.mp3

Q一下馬上聽

發音規則

c 後面如果有 i、e、y 這三個字母，通常都會唸成 [s]。

故事記憶

c 小弟走路絆到鐵絲（s），摔了一（e）跤，鼻梁歪（y）了，痛得哎哎（i）叫，所以子音字母 c 遇到 i、e、y 都唸 [s]。

C小弟 髒兮兮 笑死人 "sss"

聽RAP記發音 —— 一邊聽 rap、一邊跟著唸，就可以輕鬆記住 [s] 的發音喔！

1	circle 圓圈 c, c, c...ir, ir, ir...c-ir...circle
2	bicycle 腳踏車 c, c, c...y, y, y...c-y...bicycle
3	juice 果汁 CECE...c, c, c...juice
4	face 臉 CECE...c, c, c...face

ch [tʃ]

小麻雀 雀雀雀 " tʃ tʃ tʃ "

Lesson 10.mp3

Q一下馬上聽

發音規則

子音字母 c 和子音 h 在一起出現時，唸成 [tʃ]。

故事記憶

c 小弟和 h 小弟一起上學『去』，所以唸成 [tʃ]。

小麻雀 雀雀雀 " tʃ tʃ tʃ "

聽RAP記發音　一邊聽 rap、一邊跟著唸，就可以輕鬆記住 [tʃ] 的發音喔！

1		chase 追趕 ch, ch, ch...a, a, a...ch-a...chase
2		church 教堂 ch, ch, ch...ur, ur, ur...ch-ur...church
3		chair 椅子 ch, ch, ch...air, air, air...ch-air...chair
4		peach 桃子 p, p, p...ea, ea, ea...p-ea...peach

21

ck
[k]

小鴨子
好可愛 "kkk"

Lesson 11.mp3

Q一下馬上聽

發音規則

子音字母 c 和子音字母 k 在一起出現時，唸成 [k]。

故事記憶

c 小弟和 k 小弟一起『K』書，所以唸成 [k]。

小鴨子　好可愛 "kkk"

聽RAP記發音 　　一邊聽 rap、一邊跟著唸· 就可以輕鬆記住 [k] 的發音喔！

1		duck 鴨子 CKCK...ck, ck, ck...duck
2		clock 時鐘 CKCK...ck, ck, ck...clock
3		black 黑色 CKCK...ck, ck, ck...black
4		truck 卡車 CKCK...ck, ck, ck...truck

你的我的 "ddd"

Lesson 12.mp3

Q一下馬上聽

發音規則

子音字母 d 單獨出現時，不管在哪裡都唸成 [d]。

故事記憶

d 小弟沒信心，一天到晚頭『低低』，所以 d 不管在哪裡都唸成 [d]。

你的我的 "ddd"

聽RAP記發音 一邊聽 rap、一邊跟著唸，就可以輕鬆記住 [d] 的發音喔！

1		dog 狗 d, d, d...o, o, o ...d-o...dog
2		dance 跳舞 d, d, d...an, an, an ...d-an...dance
3		deer 鹿 d, d, d...ee, ee, ee ...d-ee...deer
4		dig 挖掘 d, d, d...i, i, i ...d-i...dig

e
[ɛ]

記憶口訣

E媽媽說
我想想看 "ɛɛ"

Lesson 13.mp3

Q一下馬上聽

發音規則

母音 e 單獨出現，沒有和其他母音在一起時，唸成 [ɛ]。

故事記憶

e 媽媽突然發奇想：「ɛɛ…ɛɛɛ…我想吃宵夜（せ）。」

E媽媽說　我想想看 "ɛɛ"

聽RAP記發音　一邊聽 rap、一邊跟著唸，就可以輕鬆記住 [ɛ] 的發音喔！

1　red 紅色 r, r, r...e, e, e...r-e...red

2　hen 母雞 h, h, h...e, e, e...h-e...hen

3　desk 桌子 d, d, d...e, e, e...d-e...desk

4　nest 巢穴 n, n, n...e, e, e...n-e...nest

LESSON 14

ee [i]

兩個E媽媽跑第一 "i i i"

Lesson 14.mp3

Q一下馬上聽

發音規則

兩個母音 e 一起出現，ee 唸成 [i]。

故事記憶

兩個 e 媽媽『一』起跑第一，所以兩個 e 唸成 [i]。

兩個E媽媽跑第一 "i i i"

聽RAP記發音 一邊聽 rap、一邊跟著唸，就可以輕鬆記住 [i] 的發音喔！

1		**sheep** 綿羊 sh, sh, sh...ee, ee, ee...sh-ee...sheep
2		**sheet** 一張 sh, sh, sh...ee, ee, ee...sh-ee...sheet
3		**feet** 腳 f, f, f ...ee, ee, ee...f-ee...feet
4		**cheese** 起司 ch, ch, ch...ee, ee, ee...ch-ee...cheese

LESSON 15

ea
[i]

E媽媽和A媽媽 都跑第一"ⅰⅰⅰ"

Lesson 15.mp3

Q一下馬上聽

發音規則

母音 e 和母音 a 一起出現，通常唸成 [i]。

故事記憶

e 媽媽和 a 媽媽『一』起跑第一，所以 ea 唸成 [i]。

E媽媽和A媽媽　都跑第一"ⅰⅰⅰ"

聽RAP記發音　一邊聽 rap、一邊跟著唸‧就可以輕鬆記住 [i] 的發音喔！

1		beach 海灘 b, b, b...ea, ea, ea...b-ea...beach
2		jeans 牛仔褲 j, j, j...ea, ea, ea...j-ea...jeans
3		sea 海 s, s, s...ea, ea, ea...s-ea...sea
4		tea 茶 t, t, t ...ea, ea, ea...t-ea...tea

LESSON 16

(er) [ɚ]

E媽媽和R小妹 想要吐 噁噁噁 "ㄦㄦㄦ"

Lesson 16.mp3

Q一下馬上聽

發音 規則

母音 e 和子音 r 一起出現，er 在輕音節時唸成 [ɚ]。

故事 記憶

e 媽媽和 r 小妹在路上看到一隻老鼠，『噁』心想吐，所以 er 唸成 [ɚ]。

我們看到 鵝就想吐！ [ɚ]

E媽媽和R小妹 想要吐 噁噁噁 "ㄦㄦㄦ"

聽RAP記發音 一邊聽 rap、一邊跟著唸‧就可以輕鬆記住 [ɚ] 的發音喔！

1		sweater 毛衣 t, t, t...er, er, er...t-er...sweater
2		rooster 公雞 t, t, t ...er, er, er...t-er...rooster
3		butterfly 蝴蝶 t, t, t...er, er, er...t-er...butterfly
4		hammer 鐵鎚 m, m, m...er, er, er...m-er...hammer

LESSON 17

f [f]

皮ㄈㄨ的ㄈㄨ "f f f"

Lesson 17.mp3

Q一下馬上聽

發音規則

子音 f 不管在哪裡出現，都唸成 [f]。

故事記憶

f 小弟太窮了，『付』不出錢，到處欠帳，所以 f 總是唸成 [f]。

我是fox，我的皮ㄈㄨ很光滑。

皮ㄈㄨ的ㄈㄨ "f f f"

聽RAP記發音　　一邊聽 rap、一邊跟著唸，就可以輕鬆記住 [f] 的發音喔！

1		fan 風扇 f, f, f...an, an, an...f-an...fan
2		fox 狐狸 f, f, f...o, o, o...f-o...fox
3		fat 肥胖的 f, f, f...a, a, a...f-a...fat
4		freckle 雀斑 f, f, f...re, re, re ...f-re...freckle

g
[g]

G小弟割到手
"g g g"

Lesson 18.mp3

Q一下馬上聽

發音規則

子音 g 大部分的時候都唸成 [g]。

故事記憶

小雞（g）大部分的時間都在『咯咯』叫，所以 g 常常唸成 [g]。

G小弟割到手 "g g g"

聽RAP記發音 一邊聽 rap、一邊跟著唸‧就可以輕鬆記住 [g] 的發音喔！

1		goat 山羊 g, g, g...oa, oa, oa...g-oa...goat
2		girl 女孩 g, g, g...ir, ir, ir...g-ir...girl
3		pig 豬 p, p, p...i, i, i, ...p-i...pig
4		dog 狗 d, d, d...o, o, o, ...d-o......dog

9 [dʒ]

G小弟　擠牛奶 "dʒ dʒ dʒ"

Lesson 19.mp3

Q一下馬上聽

發音規則

g 後面如果有 i、e、y 這三個字母，通常都唸成 [dʒ]。

故事記憶

小『雞』學走路，摔了一（e）跤，鼻梁歪（y）了，痛得哎哎（i）叫，所以唸 [dʒ]。

G小弟　擠牛奶 "dʒ dʒ dʒ"

聽RAP記發音　　一邊聽 rap、一邊跟著唸，就可以輕鬆記住 [dʒ] 的發音喔！

1		giraffe 長頸鹿 g, g, g...i, i, i...g-i...giraffe
2		gym 體育館 g, g, g...y, y, y...g-y...gym
3		orange 柳丁 GEGE...ge, ge, ge...orange
4		bridge 橋 GEGE...ge, ge, ge...bridge

h
[h]

喝到熱水 "h h h"

Lesson 20.mp3

Q一下馬上聽

發音 規則

子音 h 通常都唸成 [h]。

故事 記憶

h 小弟最愛『喝』玉米濃湯，所以唸成 [h]。

喝到熱水 "h h h"

聽RAP記發音 一邊聽 rap、一邊跟著唸‧就可以輕鬆記住 [h] 的發音喔！

1		hippo 河馬 h, h, h...i, i, i...h-i...hippo
2		horse 馬 h, h, h...or, or, or...h-or...horse
3		hat 帽子 h, h, h...a, a, a...h-a...hat
4		hot 熱的 h, h, h...o, o, o...h-o...hot

[I]

記憶口訣

PIG吃飯比賽得第一"ⅠⅠⅠ"

Lesson 21.mp3

Q一下馬上聽

發音規則

母音 i 在兩個子音中間，唸成短音的 [ɪ]。

故事記憶

i 媽媽的兩個兒子都在當兵，每天都要唸口號『1、1、1-2-1』，所以唸 [ɪ]。

第Ⅰ名.

吃飯比賽我得第一名！

PIG吃飯比賽得第一"ⅠⅠⅠ"

聽RAP記發音 ———— 一邊一邊聽 rap、一邊跟著唸‧就可以輕鬆記住 [ɪ] 的發音喔！

1		sick 生病的 s, s, s...i, i, i...s-i...sick
2		fish 魚 f, f, f...i, i, i...f-i...fish
3		dish 盤子 d, d, d..i, i, i...d-i...dish
4		mix 混合 m, m, m...i, i, i...m-i...mix

LESSON 22

i [aɪ]

放風箏 fly a kite
飛走了 哎 "aɪ aɪ"

Lesson 22.mp3

Q一下馬上聽

發音規則

「母音 i＋子音＋字尾 e」，i 唸成原母音的 [aɪ]，字尾 e 則不發音。

故事記憶

公車好擠喔！有個小孩子被擠在 i 媽媽和 e 媽媽中間，「哎」呀～頭都昏了。所以唸 [aɪ]。

放風箏 fly a kite
飛走了 哎 "aɪ aɪ"

聽RAP記發音 一邊一邊聽 rap、一邊跟著唸, 就可以輕鬆記住 [aɪ] 的發音喔！

1		bite 咬 b, b, b...i, i, i...b-i...bite
2		kite 風箏 k, k, k...i, i, i...k-i...kite
3		tire 輪胎 t, t, t...i, i, i...t-i...tire
4		bike 腳踏車 b, b, b...i, i, i...b-i...bike

ir
[ɝ]

小鳥兒
舌頭捲起來 "ɝɝɝ"

Lesson 23.mp3

Q一下馬上聽

發音規則

母音 i 和子音 r 在一起出現的時候，唸成 [ɝ]。

故事記憶

i 媽媽和 r 小妹一起唱『兒』歌。所以 ir 唸 [ɝ]。

我是Bird，我是小鳥兒。

Dosina

小鳥兒 舌頭捲起來 "ɝɝɝ"

聽RAP記發音　一邊一邊聽 rap、一邊跟著唸，就可以輕鬆記住 [ɝ] 的發音喔！

1	bird 鳥 b, b, b...ir, ir, ir...b-ir...bird
2	girl 女孩 g, g, g...ir, ir, ir...g-ir...girl
3	shirt 襯衫 sh, sh, sh...ir, ir, ir...sh-ir...shirt
4	first 第一 f, f, f...ir, ir, ir...f-ir...first

j
[dʒ]

記憶口訣

J小弟　擠牛奶
"dʒ dʒ dʒ"

Lesson 24.mp3

Q一下馬上聽

發音規則

子音 j 不論在哪裡出現，都唸成 [dʒ]。

dʒ
dʒ
dʒ

故事記憶

j 小弟搭噴射『機』到處去旅行，所以 j 不管在哪裡出現都唸 [dʒ]。

J小弟在JET上面擠牛奶 "dʒ dʒ dʒ"

聽RAP記發音

一邊一邊聽 rap、一邊跟著唸‧就可以輕鬆記住 [dʒ] 的發音喔！

1		**jeans** 牛仔褲 j, j, j...ea, ea, ea...j-ea...jeans
2		**jam** 果醬 j, j, j...a, a, a...j-a...jam
3		**jacket** 外套 j, j, j...a, a, a...j-a...jacket
4		**jet** 噴射機 j, j, j...e, e, e...j-e...jet

LESSON 25
k
[k]

咳嗽的咳
"k k k"

Lesson 25.mp3

Q一下馬上聽

發音規則

子音 k 不論在哪裡出現，都唸成 [k]。

故事記憶

k 小弟身體不好，一天到晚『咳』不停，所以 k 不管在哪裡出現都唸 [k]。

咳嗽的咳 "k k k"

聽RAP記發音

一邊一邊聽 rap、一邊跟著唸，就可以輕鬆記住 [k] 的發音喔！

1		key 鑰匙 k, k, k...ey, ey, ey...k-ey...key
2		bike 腳踏車 k, k, k...k, k, k...b-i...bike
3		milk 牛奶 k, k, k...k, k, k...m-i...milk
4		pork 豬肉 k, k, k...k, k, k...p-or...pork

l [l]

雷公生氣了 打雷了 "lll"

Q一下馬上聽

Lesson 26.mp3

發音規則

子音 l 出現在母音前面的時候，都唸成 [l]。

故事記憶

l 小弟跑在媽媽前面，真『厲』害，所以 l 出現在母音前面都唸 [l]。

雷公生氣了　打雷了 "lll"

聽RAP記發音　一邊一邊聽 rap、一邊跟著唸，就可以輕鬆記住 [l] 的發音喔！

1		love 愛 l, l, l...o, o, o...l-o...love
2		look 注視 l, l, l...oo, oo, oo...l-oo...look
3		lion 獅子 l, l, l...i, i, i...l-i...lion
4		lake 湖泊 l, l, l...a, a, a...l-a...lake

游泳池 pool pool
"ㄌ ㄌ ㄌ"

Lesson 27.mp3

Q一下馬上聽

發音規則

子音 ㄌ 出現在母音後面的時候，都唸成 [l]。

故事記憶

ㄌ 小弟跑在媽媽後面，跌了一跤，痛的唉『喔』唉『喔』叫，所以 ㄌ 出現在母音後面都唸 [l]。

游泳池 pool pool "ㄌ ㄌ ㄌ"

聽RAP記發音　一邊一邊聽 rap、一邊跟著唸，就可以輕鬆記住 [l] 的發音喔！

1	fall 掉落 f, f, f ...all, all, all ...f-all...fall
2	bowl 碗 b, b, b...owl, owl, owl...b-owl...bowl
3	apple 蘋果 p, p, p...l, l, l...p-l...apple
4	table 餐桌 b, b, b...l, l, l...b-l...table

LESSON 28

m
[m]

為什麼？
"m m m"

Lesson 28.mp3

Q一下馬上聽

發音規則

子音 m 出現在母音的前面時，唸成 [m]。

故事記憶

m 小弟跑到媽媽面前，問：「為什『麼』？」，所以子音 m 出現在母音前面都唸 [m]。

為什麼？ "m m m"

聽RAP記發音　一邊一邊聽 rap、一邊跟著唸‧就可以輕鬆記住 [m] 的發音喔！

1		map 地圖 m, m, m...a, a, a...m-a...map
2		mat 地墊 m, m, m...a, a, a...m-a...mat
3		mouse 老鼠 m, m, m...ou, ou, ou...m-ou...mouse
4		money 錢 m, m, m...o, o, o...m-o...money

LESSON 29

m
[m]

記憶口訣

火腿好好吃
好好吃 "m m m"

Q一下馬上聽

Lesson 29.mp3

**發音
規則**

子音 m 出現在母音的後面時，唸成 [m]。

**故事
記憶**

m 小弟吃火腿（ham），[mmm]。所以子音 m 出現在母音後面都唸成 [m]。

ham好吃

火腿好好吃　好好吃 "m m m"

聽RAP記發音　　一邊一邊聽 rap、一邊跟著唸‧就可以輕鬆記住 [m] 的發音喔！

1		clam 蚌 cl, cl, cl...am, am, am...cl-am...clam
2		room 房間 r, r, r...oom, oom, oom...r-oom...room
3		palm 手掌心 p, p, p...alm, alm, alm, ...p-alm...palm
4		ham 火腿 h, h, h...am, am, am...h-am...ham

記憶口訣

你的呢？
我的呢？ "n n n"

Lesson 30.mp3
Q一下馬上聽

**發音
規則**

子音 n 出現在母音的前面
時，唸成 [n]。

**故事
記憶**

n 小弟走到媽媽面前，
問：「爸爸怎麼還沒回家
『呢』？」，所以子音 n
在母音前面都唸成 [n]。

你的呢？我的呢？ "n n n"

聽RAP記發音 ─ 一邊一邊聽 rap、一邊跟著唸，就可以輕鬆記住 [n] 的發音喔！

1		nurse 護士 n, n, n...ur, ur, ur...n-ur...nurse
2		net 網子 n, n, n...e, e, e ...n-e...net
3		nail 指甲 n, n, n...ail, ail, ail...n-ail...nail
4		nest 巢穴 n, n, n...e, e, e...n-e...nest

41

n
[n]

好呀好呀
嗯嗯嗯 "n n n"

Lesson 31.mp3

Q一下馬上聽

發音規則

子音 n 出現在母音的後面時，唸成 [n]。

故事記憶

火車過山洞，黑漆漆的，媽媽問 n 小弟，你會怕嗎？n 小弟說：「嗯嗯嗯 [nnn]」。

你曾吃雞肉嗎？

好呀好呀　嗯嗯嗯 "n n n"

聽RAP記發音

一邊一邊聽 rap、一邊跟著唸，就可以輕鬆記住 [n] 的發音喔！

1		can 罐頭 c, c, c...an, an, an...c-an...can
2		fan 電扇 f, f, f...an, an, an...f-an...fan
3		pan 平底鍋 p, p, p...an, an, an...p-an...pan
4		sun 太陽 s, s, s...un, un, un...s-un...sun

ng
[ŋ]

好臭啊！好臭啊！是誰在 "ŋŋ"

Lesson 32.mp3

Q一下馬上聽

發音規則

子音 n 和子音 g 在一起的時候，唸成 [ŋ]。

故事記憶

n 小弟和 g 小弟一起去東『京』（ㄥ），所以子音 n 和子音 g 在一起都唸 [ŋ]。

怎麼那麼臭啦！

是烏龜在大大啦！

好臭啊！好臭啊！是誰在 "ŋŋ"

聽RAP記發音

一邊一邊聽 rap、一邊跟著唸·就可以輕鬆記住 [ŋ] 的發音喔！

1		sing 唱歌 s, s, s...ing, ing, ing...s-ing...sing
2		swing 鞦韆 sw, sw, sw...ing, ing, ing...sw-ing...swing
3		king 國王 k, k, k...ing, ing, ing...k-ing...king
4		strong 強壯 str, str, str...ong, ong, ong... str-ong...strong

LESSON 33

o
[a]

阿婆的ㄚ
"aaa"

Lesson 33.mp3

Q一下馬上聽

發音規則

母音 O 在兩個子音中間，或是母音 O 做為單字開頭的時候，大多都唸成短音的 [a]。

故事記憶

公車好擠『阿』！O 媽媽站在前面，被夾在兩個小孩中間，所以母音 O 在兩個子音中間，或是母音 O 做為單字開頭的時候，唸 [a]。

阿婆的ㄚ "aaa"

聽RAP記發音

一邊一邊聽 rap、一邊跟著唸·就可以輕鬆記住 [a] 的發音喔！

1		clock 時鐘 cl, cl, cl...o, o, o...cl-o...clock
2		octopus 章魚 o, o, o...c, c, c...o-c...octopus
3		fox 狐狸 f, f, f...o, o, o...f-o...fox
4		doll 洋娃娃 d, d, d...o, o, o...d-o...doll

LESSON 34

o
[o]

記憶口訣

海鷗的 ㄡ "o o o"

發音規則

oa、ou、oe、oo、o + 子音 l、母音 o + 子音 + 字尾 e、母音 o 開頭或結尾都有可能唸成長音的 [o]。

故事記憶

o 媽媽很長舌，『偶』爾和抱著小孩的 e 媽媽話家常，『偶』爾找其他媽媽串門子，『偶』爾也帶著 l 小弟到街頭巷尾聊八卦。

海鷗的 ㄡ "o o o"

聽RAP記發音 一邊一邊聽 rap、一邊跟著唸‧就可以輕鬆記住 [o] 的發音喔！

1		coat 大衣外套 c, c, c...oa, oa, oa...c-oa...coat
2		door 門 d, d, d...oo, oo, oo...d-oo...door
3		nose 鼻子 n, n, n...o, o, o...n-o...nose
4		piano 鋼琴 n, n, n...o, o, o...n-o...piano

LESSON 35

O
[ɔ]

記憶口訣

好香ʊ "ɔɔɔ"

Lesson 35.mp3

Q一下馬上聽

發音規則

母音 O 後面跟著子音 r 的時候，O 唸成短音的 [ɔ]。

故事記憶

O 媽媽背著 r 小妹，好重『ʊ』，所以 O 後面有 r 的時候，O 要唸成 [ɔ]

好香ʊ "ɔɔɔ"

聽RAP記發音 ── 一邊一邊聽 rap、一邊跟著唸，就可以輕鬆記住 [ɔ] 的發音喔！

1		forest 森林 f, f, f...or, or, or...f-or...forest
2		fork 叉子 f, f, f...or, or, or...f-or...fork
3		torch 火把 t, t, t...or, or, or...t-or...torch
4		cord 電線 c, c, c...or, or, or...c-or...cord

O
[ə]

7點了 肚子好餓
"ə ə ə"

Lesson 36.mp3 Q一下馬上聽

發音規則

當母音 o 位於弱音節時，o 唸成 [ə]。

故事記憶

o 媽媽一虛弱，肚子就會『餓』，所以唸成弱音的 [ə]。

好餓哦！
快餓昏頭了！

7點了 肚子好餓 "ə ə ə"

聽RAP記發音 一邊一邊聽 rap、一邊跟著唸· 就可以輕鬆記住 [ə] 的發音喔！

1		lion 獅子 l, l, l...on, on, on...l-i...lion
2		gorilla 大猩猩 g, g, g...o, o, o...g-o...gorilla
3		parrot 鸚鵡 r, r, r...o, o, o...r-o...parrot
4		potato 馬鈴薯 p, p, p...o, o, o...p-o...potato

LESSON 37

O
[ʌ]

老太婆教英文 "ʌ" ㄛ

發音規則

當母音 O 位於重音節時，O 唸成 [ʌ]。

故事記憶

O 媽媽重重地跌了一跤，『ㄚˋ』，疼死人了！所以唸重音的 [ʌ]。

老太婆教英文 "ʌ" ㄛ

聽RAP記發音　一邊一邊聽 rap、一邊跟著唸，就可以輕鬆記住 [ʌ] 的發音喔！

1		money 錢 m, m, m...on, on, on...m-on...money
2		glove 手套 gl, gl, gl...o, o, o...gl-o...glove
3		monkey 猴子 m, m, m...on, on, on...m-on...monkey
4		onion 洋蔥 o, o, o...on, on, on...on-ion...onion

OW
[aʊ]

OWOW "aʊ aʊ aʊ"
狼叫聲ㄚㄨ～

Lesson 38.mp3

Q一下馬上聽

發音規則

ow 和 ou 通常唸成 [aʊ]。

故事記憶

有兩隻狼一隻叫做 w，一隻叫做 u，牠們一看到圓圓的月亮（o），就會『ㄚㄨㄚㄨ』地叫，所以 ow 和 ou 唸成 [aʊ]。

OWOW "aʊ aʊ aʊ" 狼叫聲ㄚㄨ～

聽RAP記發音　一邊一邊聽 rap、一邊跟著唸，就可以輕鬆記住 [aʊ] 的發音喔！

1	mouse 老鼠 m, m, m...ou, ou, ou...m-ou...mouse
2	cow 乳牛 c, c, c ...ow, ow, ow...c-ow...cow
3	loud 大聲的 l, l, l ...ou, ou, ou...l-ou...loud
4	owl 貓頭鷹 OWOW...ow, ow, ow...owl

LESSON 39

oy [ɔɪ]

救護車來了 "ɔɪ ɔɪ ɔɪ"

Q一下馬上聽

Lesson 39.mp3

發音規則

oy 和 oi 唸成 [ɔɪ]。

故事記憶

y 媽媽和 i 媽媽被石頭（o）打到了，救護車馬上『ㄛㄧㄛㄧ』地趕來了，所以 oy 和 oi 唸成 [ɔɪ]。

救護車來了 "ɔɪ ɔɪ ɔɪ"

聽RAP記發音 ———— 一邊一邊聽 rap、一邊跟著唸，就可以輕鬆記住 [ɔɪ] 的發音喔！

1		boy 男孩 b, b, b...oy, oy, oy...b-oy...boy
2		toy 玩具 t, t, t...oy, oy, oy...t-oy...toy
3		coin 硬幣 c, c, c...oi, oi, oi...c-oi...coin
4		boil 沸騰 b, b, b...oi, oi, oi...b-oi...boil

P [p]

豌豆夾裂開
批哩批哩 "ppp"

Lesson 40.mp3
Q一下馬上聽

發音規則

子音 p 和 pp，唸成 [p]。

故事記憶

p 小弟一早出門，就被對面的阿 p 婆『潑』了一桶水，p 小弟滿臉髒水『呸呸呸～』，所以 p 和 pp 都唸成 [p]。

豌豆夾裂開　批哩批哩 "ppp"

聽RAP記發音　一邊一邊聽 rap、一邊跟著唸，就可以輕鬆記住 [p] 的發音喔！

1	🫛	pea 豌豆 p, p, p...ea, ea, ea...p-ea...pea
2	🐕	puppy 幼犬 p, p, p...u, u, u...p-u...puppy
3	👛	purse 錢包 p, p, p...ur, ur, ur...p-ur...purse
4	🎹	piano 鋼琴 p, p, p...i, i, i...p-i...piano

LESSON 41

ph
[f]

大象皮ㄷㄨ
很粗 很粗 "f f f"

Lesson 41.mp3

Q一下馬上聽

發音規則

ph 在一起出現的時候，唸成 [f]。

故事記憶

p 小弟和 h 小弟一起去『浮』潛，所以 ph 唸成 [f]。

大象皮ㄷㄨ 很粗 很粗 "f f f"

聽RAP記發音 — 一邊聽 rap、一邊跟著唸，就可以輕鬆記住 [f] 的發音喔！

1		elephant 大象 ph, ph, ph...ant, ant, ant... ph-ant...elephant
2		photo 相片 ph, ph, ph...o, o, o...ph-o...photo
3		phone 電話 ph, ph, ph...one, one, one...ph-one...phone
4		phantom 鬼魅 ph, ph, ph...an, an, an ... ph-an...phantom

52

qu
[kw]

記憶口訣

擴胸擴胸 擴擴擴
"kw kw kw"

Lesson 42.mp3

Q一下馬上聽

發音規則

qu 在一起出現時，合起來唸成 [kw]。

故事記憶

q 小弟和 u 媽媽一起跳有氧舞蹈，每天都做『擴』胸運，所以 qu 合在一起唸成 [kw]。

擴胸擴胸 擴擴擴 "kw kw kw"

聽RAP記發音

一邊聽 rap、一邊跟著唸，就可以輕鬆記住 [kw] 的發音喔！

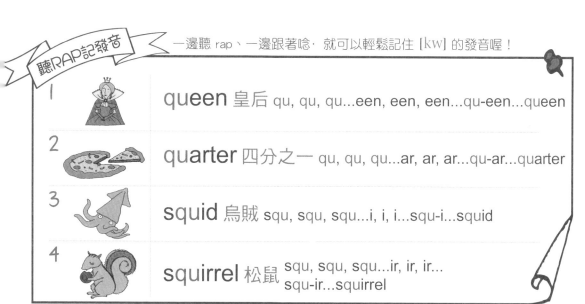

1		queen 皇后 qu, qu, qu...een, een, een...qu-een...queen
2		quarter 四分之一 qu, qu, qu...ar, ar, ar...qu-ar...quarter
3		squid 烏賊 squ, squ, squ...i, i, i...squ-i...squid
4		squirrel 松鼠 squ, squ, squ...ir, ir, ir... squ-ir...squirrel

[r]

囉囉囉
學老狗叫 "r r r"

Lesson 43.mp3

Q一下馬上聽

發音規則

子音 r 唸成 [r]。

故事記憶

r 小弟愛吃滷『肉』飯，
所以 r 唸成 [r]。

囉 囉 囉
rrr

囉囉囉 學老狗叫 "r r r"

聽RAP記發音 一邊聽 rap、一邊跟著唸‧ 就可以輕鬆記住 [r] 的發音喔！

1		run 跑 r, r, r...un, un, un...r-un...run
2		read 閱讀 r, r, r...ead, ead, ead...r-ead...read
3		rabbit 兔子 r, r, r...a, a, a...r-a...rabbit
4		parrot 鸚鵡 rr, rr, rr...ot, ot, ot...rr-ot...parrot

S
[s]

記憶口訣

蛇爬行 "SSS" 嘶嘶嘶

Lesson 44.mp3

Q一下馬上聽

發音規則

子音 s 唸成無聲的 [s]。

sun

snake

Dorina & Betty Pattigio

故事記憶

s 小弟常常吃榨菜肉『絲』麵，所以 s 唸成 [s]。

蛇爬行 嘶嘶嘶 "SSS"

聽RAP記發音　一邊聽 rap、一邊跟著唸，就可以輕鬆記住 [s] 的發音喔！

1		sofa 沙發　s, s, s...o, o, o...s-o...sofa
2		scooter 速可達　sc, sc, sc...oo, oo, oo...sc-oo...scooter
3		swim 游泳　s, s, s...wim, wim, wim...s-wim...swim
4		spider 蜘蛛　sp, sp, sp...i, i, i...sp-i...spider

LESSON 45

S [ʒ]

記憶口訣

咀嚼的咀
用喉嚨發音“333”

Lesson 45.mp3

Q一下馬上聽

發音規則

有的時候，-sion、-sual、-sure 這些組合的子音 s 會唸成 [ʒ]。

故事記憶

s 小弟有時候會吃「橘」子，所以子音 s 有時候會唸成 [ʒ]。

咀嚼的咀　用喉嚨發音“333”

聽RAP記發音

一邊聽 rap、一邊跟著唸，就可以輕鬆記住 [ʒ] 的發音喔！

1		television 電視 SION...sion, sion, sion...television
2		explosion 爆炸 SION...sion, sion, sion...explosion
3		collision 相撞 SION...sion, sion, sion...collision
4		treasure 金銀財寶 SURE...sure, sure, sure... treasure

S
[z]

記憶口訣

兩隻dogs扮鬼臉
"z z z"

Lesson 46.mp3

Q一下馬上聽

發音規則

子音 s 接在母音和有聲子音之後，會唸成有聲的 [z]。

故事記憶

s 小弟遇到前面有媽媽或是其他聲音比較大的小孩子，就會一起變大聲 [zzz]。所以 s 唸成 [z]。

兩隻dogs扮鬼臉 "z z z"

聽RAP記發音 　一邊聽 rap、一邊跟著唸，就可以輕鬆記住 [z] 的發音喔！

1	🌹	rose 玫瑰 s, s, s...s, s, s...r-ose...rose
2	👀	eyes 眼睛 eye, eye, eye...s, s, s...eye-s...eyes
3	👃	nose 鼻子 s, s, s...s, s, s...n-ose...nose
4	✂	scissors 剪刀 ss, ss, ss...ors, ors, ors...ss-ors...scissors

記憶口訣

請安靜 噓 "ʃʃ"

Lesson 47.mp3
Q一下馬上聽

發音規則

sh 唸成無聲的 [ʃ]。

故事記憶

s 小弟和 h 小弟感冒了，喉嚨痛沒有聲音，很『虛』弱，所以 sh 唸成無聲的 [ʃ]。

請安靜 噓 "ʃʃ"

聽RAP記發音 ── 一邊聽 rap、一邊跟著唸，就可以輕鬆記住 [ʃ] 的發音喔！

1		**shirt** 襯衫 sh, sh, sh...irt, irt, irt...sh-irt...shirt
2		**shoes** 鞋子 sh, sh, sh...oe, oe, oe...sh-oe...shoes
3		**brush** 刷子 u, u, u ...sh, sh, sh...u-sh...brush
4		**dish** 盤子 i, i, i...sh, sh, sh...di-sh...dish

LESSON 48

t [t]

特別的特 "t t t"

Lesson 48.mp3

Q一下馬上聽

發音規則

子音 t 唸成無聲的 [t]。

特別的Tiger！

Dorina & Betty Patriqio

故事記憶

t 小弟中了『特』獎，高興得說不出話來，所以 t 唸成無聲的 [t]。

特別的特 "t t t"

聽RAP記發音

一邊聽 rap、一邊跟著唸·就可以輕鬆記住 [t] 的發音喔！

1		**turkey** 火雞 t, t, t...ur, ur, ur...t-ur...turkey
2		**toast** 土司 t, t, t...oa, oa, oa...t-oa...toast
3		**turtle** 烏龜 t, t, t...ur, ur, ur...t-ur...turtle
4		**tiger** 老虎 t, t, t...i, i, i...t-i...tiger

LESSON 49

th [θ]

兩排牙齒輕咬舌頭 "θ θ θ"

Lesson 49.mp3

Q一下馬上聽

發音規則

th 唸成咬舌無聲的 [θ]。

故事記憶

t 小弟和 h 小弟比賽繞口令，t 小弟咬到舌頭，h 小弟唸不出來，所以 th 唸成咬舌無聲的 [θ]。

兩排牙齒輕咬舌頭 "θ θ θ"

聽RAP記發音 一邊聽 rap、一邊跟著唸，就可以輕鬆記住 [θ] 的發音喔！

1		mouth 嘴巴 THTH...th, th, th...mouth
2		thumb 大拇指 th, th, th...umb, umb, umb... th-umb...thumb
3		thread 線 th, th, th...read, read, read...th-read...thread
4		thump 重擊 th, th, th...ump, ump, ump... th-ump...thump

th [ð]

Q一下馬上聽

Lesson 50.mp3

記憶口訣

兩排牙齒 輕輕咬舌頭 "ð ð ð"

發音
規則

th 唸成咬舌有聲的 [ð]。

故事
記憶

t 小弟和 h 小弟比賽繞口令，t 小弟咬到舌頭，h 小弟唸出聲音來，所以 th 唸成咬舌有聲的 [ð]。

th ð

Donna & Betty Patrigio

兩排牙齒 輕輕咬舌頭 "ð ð ð"

聽RAP記發音   一邊聽 rap、一邊跟著唸，就可以輕鬆記住 [ð] 的發音喔！

1	scythe 長柄大鐮刀 th, th, th...th, th, th...s-cy...scythe
2	bathe 洗澡 th, th, th...th, th, th...b-a...bathe
3	this 這個 th, th, th...is, is, is...th-is...this
4	that 那個 th, th, th...at, at, at...th-at...that

u
[ʌ]

U小妹 拿雨傘
umbrella "ʌ ʌ ʌ"

Lesson 51.mp3

Q一下馬上聽

發音規則

母音 u 唸成重音的 [ʌ]。

故事記憶

u 媽媽唸經：[ʌ] 彌陀佛。所以母音 u 唸成重音的 [ʌ]。

Oninal Betty Patrigio

U小妹 拿雨傘 umbrella "ʌ ʌ ʌ"

聽RAP記發音 —— 一邊聽 rap、一邊跟著唸，就可以輕鬆記住 [ʌ] 的發音喔！

1		bus 巴士 b, b, b...us, us, us...b-us...bus
2		cup 咖啡杯 c, c, c...up, up, up...c-up...cup
3		cut 切、剪 c, c, c...ut, ut, ut...c-ut...cut
4		sun 太陽 s, s, s...un, un, un...s-un...sun

u
[ju]

U小妹的名字叫做U "ju"

Lesson 52.mp3

Q一下馬上聽

發音規則

「母音 u + 子音 + 字尾 e」，u 唸成原母音的 [ju]，字尾 e 則不發音。

故事記憶

u 媽媽和 e 媽媽被擠在一群小孩子中間，e 媽媽擠得說不出話，u 媽媽則大叫：「You! You! 別擠啦！」所以「u + 子音 + e」的母音 u 唸成長音的 [ju]。

ju

我是長音的 [ju]

U小妹的名字　叫做U "ju"

聽RAP記發音　一邊聽 rap、一邊跟著唸· 就可以輕鬆記住 [ju] 的發音喔！

1		student 學生 st, st, st...u, u, u...st-u...student
2		computer 電腦 p, p, p...u, u, u...p-u...computer
3		music 音樂 m, m, m...u, u, u...m-u...music
4		tuba 大號 t, t, t...u, u, u...t-u...tuba

ur
[ɜ˞]

記憶口訣

URUR "ɜ˞ɜ˞ɜ˞"
nurse nurse "ɜ˞ɜ˞ɜ˞"

Q一下馬上聽

Lesson 53.mp3

發音規則

母音 u 和子音 r 在一起出現的時候，唸成 [ɜ˞]。

故事記憶

u 媽媽和 r 小妹老是拖拖拉拉，每次都說：「待會兒（ɜ˞），待會兒（ɜ˞）」

nurse

URUR "ɜ˞ɜ˞ɜ˞"
nurse nurse "ɜ˞ɜ˞ɜ˞"

聽RAP記發音 — 一邊聽 rap、一邊跟著唸，就可以輕鬆記住 [ɜ˞] 的發音喔！

1		nurse 護士 n, n, n...ur, ur, ur...n-ur...nurse
2		turtle 烏龜 t, t, t...ur, ur, ur...t-ur...turtle
3		purse 錢包 p, p, p...ur, ur, ur...p-ur...purse
4		turkey 火雞 t, t, t...ur, ur, ur...t-ur...turkey

吸血鬼 vampire

"V V V"

Lesson 54.mp3

Q一下馬上聽

發音規則

子音 v 唸成 [v]。

故事記憶

v 小妹總是在拍照的時候，做出勝利的手勢（v），所以 v 總是唸成 [v]。

吸血鬼 vampire "V V V"

聽RAP記發音 一邊聽 rap、一邊跟著唸，就可以輕鬆記住 [v] 的發音喔！

1		van 箱型車 v, v, v...an, an, an...v-an...van
2		vet 獸醫 v, v, v...et, et, et...v-et...vet
3		vase 花瓶 v, v, v...ase, ase, ase...v-ase...vase
4		violin 小提琴 v, v, v...i, i, i...v-i...violin

LESSON 55

記憶口訣

我我我···口吃的烏鴉 "w w w"

發音規則

子音 w 唸成 [w]。

故事記憶

w 小弟提起勇氣跟喜歡的女生告白：「w…w…我好喜歡妳喔～」，所以 w 唸 [w]。

我我我···口吃的烏鴉 "w w w"

聽RAP記發音　　一邊聽 rap、一邊跟著唸· 就可以輕鬆記住 [w] 的發音喔！

1		watch 手錶 w, w, w...a, a, a...w-a...watch
2		witch 巫婆 w, w, w...i, i, i...w-i...witch
3		wolf 狼 w, w, w...ol, ol, ol...w-ol...wolf
4		worm 蟲 w, w, w...or, or, or...w-or...worm

LESSON 56

wh [hw]

說什麼話 話話話 "hw hw hw"

Lesson 56.mp3

Q一下馬上聽

發音規則

子音 w 遇到子音 h 的時候，唸成 [hw]。

故事記憶

w 小弟和情敵 h 小弟打架，老師看見了就把他們拉開，說：「有『話』好好說阿～」，所以 wh 唸 [hw]。

Donna & Betty

說什麼話 話話話 "hw hw hw"

聽RAP記發音 一邊聽 rap、一邊跟著唸，就可以輕鬆記住 [hw] 的發音喔！

1		wheel 輪子 wh, wh, wh...eel, eel, eel...wh-eel...wheel
2		whisk 打蛋器 wh, wh, wh...i, i, i...wh-i...whisk
3		whip 鞭子 wh, wh, wh...i, i, i...wh-i...whip
4		whale 鯨魚 wh, wh, wh...ale, ale, ale...wh-ale...whale

X [ks]

記憶口訣

沒有水喝　渴死
渴死 "ks ks ks"

Lesson 57.mp3

Q一下馬上聽

發音
規則

子音 X 在字尾的時候，唸成 [ks]。

故事
記憶

X 小弟躲在冰箱後面偷喝『可』爾必『思』，所以 X 在單字的後面唸 [ks]。

X = [KS]

沒有水喝　渴死渴死 "ks ks ks"

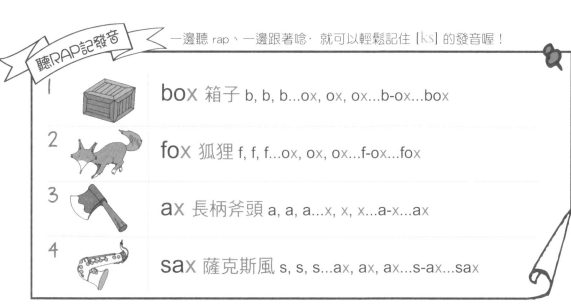

聽RAP記發音　一邊聽 rap、一邊跟著唸，就可以輕鬆記住 [ks] 的發音喔！

1		box 箱子 b, b, b...ox, ox, ox...b-ox...box
2		fox 狐狸 f, f, f...ox, ox, ox...f-ox...fox
3		ax 長柄斧頭 a, a, a...x, x, x...a-x...ax
4		sax 薩克斯風 s, s, s...ax, ax, ax...s-ax...sax

LESSON 58

X

[z]

記憶口訣

蚊子叫 "ｚ ｚ ｚ"

Lesson 58.mp3

Q一下馬上聽

發音規則

子音 X 在字首的時候，唸成 [z]。

故事記憶

X 小弟跑到巷子前面買『滋滋』作響的烤香腸，所以 X 在字首唸 [z]。

蚊子叫 "ｚ ｚ ｚ"

聽RAP記發音 —— 一邊聽 rap、一邊跟著唸，就可以輕鬆記住 [z] 的發音喔！

1	xylophone 木琴 x, x, x...y, y, y...x-y...xylophone
2	xebec 三桅帆船 x, x, x...e, e, e...x-e...xebec
3	xylanthrax 木炭 x, x, x...y, y, y...xylanthrax
4	xeme 叉尾鷗 x, x, x...e, e, e...x-e...xeme

LESSON 59

y [j]

老爺爺的爺 "j j j"

Lesson 59.mp3

Q一下馬上聽

發音規則

子音 y 在字首的時候，唸成 [j]。

故事記憶

y 小妹跑到老『爺爺』前面，所以 y 在字首的時候唸成 [j]。

老爺爺的爺 "j j j"

聽RAP記發音 一邊聽 rap、一邊跟著唸，就可以輕鬆記住 [j] 的發音喔！

1		yield 投降 y, y, y...iel, iel, iel...y-iel...yield
2		yacht 遊艇 y, y, y...a, a, a...y-a...yacht
3		yawn 打呵欠 y, y, y...awn, awn, awn...y-awn...yawn
4		yo-yo 溜溜球 y, y, y...o, o, o...y-o...yo-yo

LESSON 60
y
[aɪ]

鳥會飛 很不賴
fly fly fly "aɪ aɪ aɪ"

Lesson 60.mp3

Q一下馬上聽

發音規則

y 在字尾有時會唸成 [aɪ]。

故事記憶

y 小妹吊車尾考最後一名，真失『敗』，所以 y 在字尾唸 [aɪ]。

y = [aɪ]

鳥會飛 很不賴 fly fly fly "aɪ aɪ aɪ"

聽RAP記發音 一邊聽 rap、一邊跟著唸, 就可以輕鬆記住 [aɪ] 的發音喔！

1		fly 飛 fl, fl, fl...y, y, y...fl-y...fly
2		fry 油炸 fr, fr, fr...y, y, y...fr-y...fry
3		cry 哭 cr, cr, cr...y, y, y...cr-y...cry
4		dry 弄乾 dr, dr, dr...y, y, y...dr-y...dry

LESSON 61
y [I]

快樂的小狗名叫黑皮 "I I I"

Lesson 61.mp3

Q一下馬上聽

發音規則

y 在弱音節會唸成 [I]。

故事記憶

y 小妹有一隻 puppy 叫做 Happy，所以 y 有時會唸成 [I]。

HAPPY [I]

快樂的小狗名叫黑皮 "I I I"

聽RAP記發音 　一邊聽 rap、一邊跟著唸，就可以輕鬆記住 [I] 的發音喔！

1		puppy 幼犬 p, p, p...y, y, y...p-y...puppy
2		happy 快樂的 p, p, p...y, y, y...p-y...happy
3		baby 嬰兒 b, b, b...y, y, y...b-y...baby
4		lily 百合花 l, l, l...y, y, y...l-y...lily

LESSON 62

Z [z]

斑馬和蚊子叫聲一樣 "zzz"

Lesson 62.mp3

Q一下馬上聽

發音規則

子音 z 在任何時候都唸成 [z]。

故事記憶

z 小弟一天到晚打瞌睡（z），所以 z 唸成 [z]。

斑馬和蚊子叫聲一樣 "zzz"

聽RAP記發音 一邊聽 rap、一邊跟著唸・就可以輕鬆記住 [z] 的發音喔！

1		**doze** 打瞌睡 d, d, d...oze, oze, oze...d-oze...doze
2		**zebra** 斑馬 z, z, z...e, e, e...z-e...zebra
3		**zoo** 動物園 z, z, z...oo, oo, oo...z-oo...zoo
4		**zipper** 拉鍊 z, z, z...i, i, i...z-i...zipper

索引 Index

國家圖書館出版品預行編目資料

學自然發音不用背 ／DORINA 著 --三版.--
　新北市：國際學村，2015.04
　面；　　公分

　ISBN 978-986-6077-95-1(平裝附光碟片)

　1. 英語　2. 發音

805.141　　　　　　　　　　　　104002267

 臺灣廣廈出版集團
Taiwan Mansion Books Group　 **國際學村**

學自然發音不用背
QR碼隨身學習版

作者	DORINA
出版者	台灣廣廈出版集團
	國際學村出版
發行人／社長	江媛珍
地址	235新北市中和區中山路二段359巷7號2樓
電話	886-2-2225-5777
傳真	886-2-2225-8052
讀者服務信箱	cs@booknews.com.tw
總編輯	伍峻宏
美術編輯	許芳莉
排版／製版／印刷／裝訂	東豪／弼聖・紘億／明和
法律顧問	第一國際法律事務所　余淑杏律師
	北辰著作權事務所 蕭雄淋律師
代理印務及圖書總經銷	知遠文化事業有限公司
地址	222新北市深坑區北深路三段155巷25號5樓
訂書電話	886-2-2664-8800
訂書傳真	886-2-2664-8801
港澳地區經銷	和平圖書有限公司
地址	香港柴灣嘉業街12號百樂門大廈17樓
電話	852-2804-6687
傳真	852-2804-6409
出版日期	2024年8月 三版29刷
郵撥帳號	18836722
郵撥戶名	知遠文化事業有限公司

（單次購書金額未達1000元，請另付70元郵資。）

台灣廣廈出版集團

235 新北市中和區中山路二段359巷7號2樓
2F, NO. 7, LANE 359, SEC. 2, CHUNG-SHAN RD., CHUNG-HO DIST.,
NEW TAIPEI CITY, TAIWAN, R.O.C.

 國際學村 編輯部 收

請沿虛線剪下

國際學村 讀者資料服務回函

感謝您購買這本書！

為使我們對讀者的服務能夠更加完善，

請您詳細填寫本卡各欄，

寄回本公司或傳真至（02）2225-8052，

我們將不定期寄給您我們的出版訊息。

● 您購買的書 <u>學自然發音不用背【QR碼隨身學習版】</u>
● 您 的 大 名 _____
● 購 買 書 店 _____
● 您 的 性 別 □男 □女
● 婚　　　姻 □已婚 □單身
● 出 生 日 期 _____年_____月_____日
● 您 的 職 業 □製造業□銷售業□金融業□資訊業□學生□大眾傳播□自由業
　　　　　　　□服務業□軍警□公□教□其他
● 職　　　位 □負責人□高階主管□中級主管□一般職員□專業人員□其他
● 教 育 程 度 □高中以下（含高中）□大專□研究所□其他
● 您通常以何種方式購書？
　　□逛書店□劃撥郵購□電話訂購□傳真訂購□網路訂購□銷售人員推薦□其他
● 您從何得知本書消息？
　　□逛書店□報紙廣告□親友介紹□廣告信函□廣播節目□網路□書評
　　□銷售人員推薦□其他
● 您想增加哪方面的知識？或對哪種類別的書籍有興趣？

　_____

　_____

● 通訊地址 □□□_____

　_____

● E-Mail _____
● 本公司恪守個資保護法，請問您給的 E-Mail 帳號是否願意收到本集團出版物相關
　資料 □願意 □不願意
● 聯絡電話 _____
● 您對本書封面及內文設計的意見

　_____

● 您是否有興趣接受敝社新書資訊？　□沒有□有
● 給我們的建議/請列出本書的錯別字

　_____

請沿虛線剪下